朱英诞现代旧体诗选集

王泽龙　高周权　选编

朱英诞　著

长江出版传媒
长江文艺出版社

图书在版编目（ＣＩＰ）数据

朱英诞现代旧体诗选集 / 朱英诞著；王泽龙，高周
权选编.-- 武汉：长江文艺出版社，2017.12
　ISBN 978-7-5702-0039-9

　Ⅰ.①朱… Ⅱ.①朱… ②王… ③高… Ⅲ.①古体诗
－诗集－中国－当代 Ⅳ.①I227

　中国版本图书馆 CIP 数据核字(2017)第 295325 号

责任编辑：叶　露　　　　　　　　　责任校对：陈　琪
封面设计：笑笑生设计　　　　　　　责任印制：邱　莉　　胡丽平

出版：　长江出版传媒　　长江文艺出版社

地址：武汉市雄楚大街 268 号　　　　邮编：430070

发行：长江文艺出版社

电话：027—87679360

http://www.cjlap.com

印刷：武汉市福成启铭彩色包装印刷有限公司

开本：640 毫米×970 毫米　　　1/16　　印张：20.75　　插页：1 页

版次：2017 年 12 月第 1 版　　　　2017 年 12 月第 1 次印刷

定价：50.00 元

朱英诞浮雕像（1913—1983）（张大生作）

朱英诞（约摄于1948年）

1958年朱英诞受北京教育局委派带队支援故宫博物院整理明清档案，这是教育界同仁在故宫南三所明清档案馆前合影。

朱英诞与北京教育界同仁在故宫御花园合影。

朱英诞夫人携在京家人合影，前排陈萃芬抱外孙女王雁、长女朱纹，后排次子朱缃、女婿王东得、小女朱缘。（摄于1972年冬）

赫然老儿拈香奇山为山画作玉兰

开野小札黄州太濘往还艺苑一绝呵

志微月

神形但觉真名世此早端春绝妙难不作撝谦非野

物山妻独对正斂时鈌缚子残文野物不多时攝牲难宗永为通儒

赫山老僊正之

吴清楠

庚申立秋後二日
於北平市满牌

旧体诗手稿

旧体诗手稿

前　言

　　朱英诞作为 20 世纪中国现代文学史上一位被长期遗忘的优秀诗人，近一些年来开始被关注。朱英诞从 20 世纪 20 年代末开始诗歌创作至 80 年代初，一生笔耕不辍，不仅创作了近 3000 多首新诗，还创作有现代旧体诗作 1300 多首，著有诗论、诗剧、古代文学研究著作若干。近年来，朱英诞的新诗及其研究文章陆续问世。相对而言，朱英诞的旧体诗及其研究成果与读者见面甚少。2012 年 9 月，台湾新锐文创（台北）出版社出版了由朱英诞次女朱绮女士整理的旧体诗集《风满楼诗》，这是朱英诞旧体诗作的第一次面世，该书所收录的旧体诗数量约占朱英诞旧体诗作的一半。我们受朱英诞家属的委托并获许授权整理全部遗稿，依据朱英诞家属（朱英诞长女朱纹与次女朱绮）编辑的部分手稿，对已整理出版的旧体诗作了进一步勘误，并整理出没有公开发表的旧体诗作近 600 首，不久将合集付梓。

　　朱英诞晚年开始大量创作旧体诗词，体式以律诗和绝句为主（在其夫人陈萃芬女士整理的《旧体诗稿》中偶见《忆秦娥》《水调歌头》《临江仙》和《满江红》几首词作）。朱英诞在《谈诗》一文中说过，"笔者本人于未写新诗以前即曾写过旧诗"，可惜那些旧诗并没有保存下来，现亦无从考证。朱英诞大量旧体诗的创作时间为 1958 年及以后。朱英诞夫人陈萃芬说，因机缘巧合，"他在 50 岁后，身体多病，只能离开讲台。1958 年，北京市教育局请他带领部分教师到故宫博物院整理明清档案，地点就在故宫南三所，那里古木参天，环境幽静，虽然每日与尘封的历史档案为伍，但是心情很舒畅，闲暇时不由得彼此唱和起来，实在是工作后的消遣而已。"（陈萃芬：《序》，见《风满楼诗》，新锐文创2012年9月出版，第5页。）在《无正味斋近体诗抄》（1970—1971年）的"题记"中诗人也有回忆："戊戌夏秋之际，予在故宫博物院整理故纸，其时偶有唱和，始留稿。十年间涂鸦满纸，皆戏墨也。"（朱英诞：《自题诗草》，见朱英诞《梅花老屋诗》手稿）1971年12月20日，朱英诞同一天在旧体诗集《梅花老屋诗》中写下两篇小序文——《小饮》和《自题诗草》，据《自题诗草》中诗人的自况，诗人1932年"寄籍"北京之后，四十年间，除了1946年春和1948年冬两次做过短期的旅人到过外省和外县，其余就很少"出郭门一步"了。晚年的朱英诞，因为疾病的羁绊，也是乐在苦中，病中作乐。"其实我终身在疾苦中，幽居则或者近似而乐未是。换一句话说则是，我写诗百分之九十九是在北京一隅的事，百分之百是病中之事，我尝以为我的诗歌可以譬作药草之华，说到实用，当其无而有之愿心，那倒真是意外地收获吧？我对于诗没有特别的研究，就只是古今中外的乱读，也信手地乱写，这些诗又都至今是初稿，可以说是真正像一堆乱草了。"（朱英诞：《题记》，见《无正味斋近体诗抄》手稿）。从1958年到1983年的二十五年间，朱英诞共留下了1300余首现代旧体诗。诗人生前亲自编订计十余册，其中的六册以"风满楼诗"命名，结集为甲、乙、丙、戊申、己酉、己酉冬六种。（朱英诞在《风满楼·自序》中写道"家君有句云'机杼声中风满楼'，这乃是我的室名和书名的来源"），其他目前发掘的旧体诗集《病后杂咏》（1970年）、《无正味斋近体诗抄》（1970—

1971 年)、《病起庵诗》（1971 年）、《梅花老屋诗》（1971 年—1972年）、《方竹斋诗》（1972 年）、《绿荫堂诗卷》（1973 年）数种。

朱英诞旧体诗，就题材而言，主要分为写景抒情、怀古咏物、即事感怀、寄赠酬唱等几类，与中国传统诗歌的题材别无二致。朱英诞晚年像一位现代诗坛的"隐逸者"，生活没有太多的波澜起伏，每日伏案写作、读书。作诗（包括新诗和旧体诗）已经成了他生活的重要部分，所见所感都能入诗，身边的细微琐事、内心的感悟、朋友的闲聊都成为入诗的题材，但无庸俗低劣之感，表现的是诗人独特的文人品质和审美意趣。朱英诞旧体诗体现出一种内敛性，多书写自我心灵感悟和个人日常生活世界。他的旧体诗以尊重个人经验为前提，写了大量的思乡、咏病、怀人之作，读这些诗时，读者往往能体味到他所喜爱的诗人陶潜的冲淡平和、苏轼的旷达洒脱、杨诚斋的谐俗俚趣等。

在 1300 多首旧体诗中，大都涉及对自然的描绘，或是借景抒情，或是托物言志，或是赞颂自然，小到一花一草、一树一石，大到四季变更、宇宙星辰，皆可成为朱英诞反复吟咏的对象。在关注自然、描绘山水的过程中，他常常忘却了凡俗世界的嗔念贪痴，大自然成为他生活与生命的一部分。综观朱英诞的旧体诗词，以日常生活与大自然为题材的闲适诗几乎占据了半壁江山，体现出超脱淡远、乐观旷达的心境，颇有陶渊明"悠然见南山"的怡然自得之貌和精神志趣。将生活与诗歌融合为一，这也是朱英诞追求的"真诗"品格。朱英诞作为一个"美丽的沉默者"，在审美意蕴上，朱英诞的旧体诗呈现出平淡与涩味、闲适与感伤交织的一种审美特质。

朱英诞可谓是现代诗人中一位"隐逸写作"的诗人。诗人几十年来一直居于北京的深巷中，养病之余，每日唯有读书写作，不问政治，不谈国事，不看重身外之物，不受功名富贵的诱惑，崇尚淡泊宁静、知足知止的境界，向往自由自在、身心自适的状态。在他的笔下，字里行间无不流露出"寂寞人外"的况味。他的诗与政治无涉，常常是在春花秋月的赏玩过程中体味着对生命的感悟，谈诗，谈文学，古今中外、神魔鬼怪、天上人间无所不有。徜徉在自己的园地里，或晴日遥望西北峰峦，或沉浸在秋高气清的北京一隅。隐逸思想在朱英诞的个人性格、处世态度，甚至"真"与"淡"的美学理想方面都深深地打上了烙印。诗人的"隐士"之路不仅是时代的选择，更是朱英诞自我性格和情感的选择，体现了朱英诞独特的处世方式。总的说来，朱英诞的隐没和"文革"时期的"幸运"规避（朱英诞由于种种原因，没有陷入"文革"的直接劫难中）成就了他的旧体诗创作，更因其私密性、自娱性，不以发表为动机的创作行为，使其旧体诗作更为真实地记录了这位"大时代的小人物"的心路历程、晚年境况。今天，他的"潜在写作"已成为历史的一个独特的存在，在钩沉这些珍贵的史料之时，历史之误会不免让人感喟朱英诞的"幸运"。当然，今天朱英诞的诗作能够被发掘出来，是朱英诞的幸运，也是学界莫大的幸运。朱英诞旧体诗作涵盖的内容无比丰富，其敞开的诗意与诗艺空间，有待读者去领略、品鉴。我们从已经整理好的朱英诞现代旧体诗中选辑300首，率先刊发，以飨读者。

编者

2017 年 7 月 20 日

目 录

除 草

——闻鹰鸣口占①

秋来苜蓿上阶生　　是草当除不记名
紫禁城中翻故纸　　天高日丽听鹰鸣

---

① 作者注：戊戌之秋，在明清档案馆，予率众约卅人整理清史奏折，馆址借用故宫博物院南三所，即清史储宫是也。林间鹰鸣可听，然殊特娇柔清脆，往昔为北地父老养马者所心喜　每来院中，以得闻鹰鸣为幸事。有自远方来者，盖以训鸟云。我辈则初不辨何声　唯闻声在树间耳。一旦为黄小同发觉，因成口号。小同旧日同事，黄炎培氏之娇女。

检视有关稔军摺有感

山重水复雄鸡斗①   溪险滩高锦被翻
羡煞木棉花下客   吟声接引听经猿

---

① 作者注：雄鸡斗：岩名，在福建顺昌。锦被：山名，在将乐。他日重作一首云：山重水复雄鸡斗，溪险滩高石燕飞。羡煞木棉花下客，低徊不尽类猿叫。石燕：山名，在将乐，居民祷雨，风起，石子飞舞如燕，因以得名。又一首：山重水复雄鸡斗，地僻人幽牡鹿鸣。大似猿叫花下客，低徊不尽寄闲吟。牡鹿鸣，山西广灵凤凰山下小冈名，近人即地辟鹿鸣山庄。山西友人云：予取其对仗奇丽可诵，去稔军乃实甚远矣。

谢友人赠悬崖菊^①（二首）

一

龙牵骏烈不胜垂　　马掌须浇一掬宜
啧啧悬崖名物好　　和陶岂必醉东篱

二

奇香产自淹东头　　欲赌身轻不自由
记取三唐须勒马　　人间哪得酒消忧

---

① 作者注：吴梅邨词：摘花高处赌身轻。悬崖菊，日本产。卢沟桥事变前予拟东渡学印刷术，未果，尝以为生平憾事。然日人喜饮酒而多酗，甚可厌。顷闻军国主义复兴，为之不欢累日。

日　出[1]

日出东南鸟乍噪　　风吹西北雾初晴
鹅黄几缕隔河柳　　独宿窗前草又生

---

[1]　作者注：时大雾，不可投足，闻老者云，为六十年所未有，渠儿时见之，今已过六十，故云。记于北京弥斋。

戊戌冬至前五日初雪甚大①

倦倦疾苦与春田　　岁晚花浓倍觉妍
好是竟陵大着色　　围炉夜话胜杯筵

枕　上

习习霜风解宿酲　　长堤晓角动边城
消磨壮志堪惆怅　　何处鸡鸣犬吠声

闲眺玉泉山[①]

飞瀑无尽望无声　　裂帛湖边夸父耕

塔影依稀山色好　　斜阳古柳暗归程

[①] 作者注：癸未海淀村居，每终日独对玉泉，村巷一古柳，黄昏时景物最为可爱，夕阳西下，树影深密，辄徘徊不忍离去。玉泉之塔影，远望颇觉神秘，然殊无恐怖，故可爱。

海淀村居杂诗① （诽谐）

田间驱鸟喝成歌　　笑语灯明鬼趣多
闻道诗情如夜鹊　　此间无树又如何

---

① 作者注：癸未夏，予避处海淀。村居庭屋宽敞，盖是燕大教师旧居，院中略无草木，灯笼树一株，殊弱小，且濒于枯死矣。李易安诗，诗情如夜鹊，三匝未能安，双关慨叹之句本此。家屋坐落于高坡，巷名冰窖，在燕南园南门外，屋外即大地，每黄昏，夕阳西下，独立巷口古柳下，与玉泉山上塔影遥遥相对，辄凝目久之。入夜凄凉特甚，山妻幼女苦之。田间扎稻草人，挂红布条，驱野鸟之物，夜深时有吆喝声，其音曼长，动魄惊心，妇孺乃以为即此是鬼物之夜哭也，偶书一绝以嘲之。然秋风一起，仍遵医嘱，重复迁入城中矣。

哀悼徐应湘先生

应湘为传彩旧同事每欲从予学作字

未付管城嗟已晚　　可怜妻母两成痴
红尘四十春将老　　无限余哀听雨时

悼韩萍①

未荐寒泉出远郊　　遗雏满眼不闻侑

死生又负青橘赠　　竹管从今益寂寥

---

① 作者注：己亥许徐应湘学作字，遗憾未已，又尝许韩萍为写韦苏州青橘绝句诗，未果，旋韩萍亦死。

温泉小住村口望晚霞赠杏岩老人①（二首）

一

天高犹忆落花时　　枯草植笔写两枝
此处太行留余脉　　晚山如笑复如痴

二

太行余脉向秋时　　处处霜红难折枝
山色如云日三变　　直须吟画莫吟诗

---

① 作者注：杏岩老人与齐白石相从有年，尝于美术师范学院以不讲画而大谈诗获罪，因戏之。编者注：杏岩老人，即王森然先生，现代学者、画家，名樾，字杏岩，一字森然；拜齐白石门下，任教于北平艺专、京华美院等；1949年后任中央美术学院教授；有《文学新论》等多种专著。系朱英诞先生好友。

何　苦①

何苦优人皆木偶　　朱朱白白点颜容
须知礼乐关灵性　　难矣丹青画不浓

---

① 作者注：与杏岩老人杂谈孔子及西班牙电影、《无名氏画像》，时在野园。

12

催　妆①

春来山色明毛羽　　日下鸡雏暖又黄
哪得梦中专彩笔　　小诗权且当催妆

---

① 作者注：杏老拟命其高弟某为予诗稿构画百图，写此催之。鄙意只小幅木版画即可，否则愧不敢当也。

肆　志

几家花放听春雷　　敢有微辞去复来
此日倚窗吟紫菀　　明年绣野画黄梅

偶　饮

冬酒深斟时复艰　　春醪独抚月弯澴
红羊劫后胡仍疾　　绮语删消非寄闲

四月歌

花红草绿人少过　　草绿花红不厌多
寂寞古云音有主　　蒲庐青翠忆秦娥

暮雨（二首）

一

江南红豆已移时　　细雨吴孃乐府辞
薄暮潇潇暗城曲　　郎行白马到边陲

二

五月吴孃唱别离　　江南山黛色如眉
吴孃既逝江南远　　暮雨潇潇自咏诗

失　题

裸体读经云似雪　　啄唇吃酒雪如云
鸡鸣不已日欲出　　叹息人间又晚晴

喜翼新小妹归来^①

春风吹柳柳成丝　　柳发飘摇逸马嘶

避世每登楼上望　　归来恰是掩扉时

共工神话戏鼎堂老人①

祝融即是燧人氏　　向晚炉边梦语多
古史轻谈君莫笑　　共工其奈女娲何

---

① 作者注：有人为文批评郭鼎堂祝诗之作，有关神话问题，顷有流传，郭氏自嘲云：郭老不服老，诗多好的少。文章好翻案，都是女的好。鄙意殆是舆论如此。郭氏复行串作一绝耳，乙巳大暑中补记。又丙午初夏李元来云：郭氏自嘲仅十六字：郭老不老，写诗不少，好的不多，坏的不少。再补记。

谈唐俟旧诗后

时尝试牡丹、凤凰烟卷，因以入诗

瑰丽如云红胜火　　花中异彩叹豚呶
可怜百鸟云朝凤　　知否由来是冷嘲

壬寅岁暮回暖^①

又是春风拂柳条　　风中啼鸟左思娇
赞闲习懒终儒缓　　万紫千红不待邀

① 作者注：罗素有《赞闲》一书，予拜读甚晚，见有所同，觉至可喜。至于基夫特，则全然不晓。习懒，尝用题斋，后废。盖二字是画家典也。

读闲书偶作

东坡渡海若虹藏　　退听清疏月映航
羡煞南迁诗偌好　　栏间受雨细评量

忆苦雨老人①

独立金枝嘲凤凰　　不关世事爱文章
老人忘我惊人老　　苦雨斋中听白杨

---

① 作者注：壬寅秋冬之际，琦翔往访老人，云老人闻予已五旬，不觉失笑曰：他也有五十了。追忆初至苦雨斋，在庚辰年，时予二十七岁，横幅"苦雨斋"三字悬西山墙上，为沈尹默书，雨气淋漓，诚墨宝也。予访谒时，正当秋雨沉沉，白杨高大，犹于风中作响也。老人于拙文最加爱赏，尝坐汽车中阅予谈茶文，深致赞叹。沈启无云，又指予咏菊诗，以为圆至过于先辈。冯废名云，案白杨俗呼鬼拍手，老人曾为予写渔洋题聊斋志异诗，故于斯不排斥此种民俗学的好资料也。又予为文曰"苦雨斋中"，比拟老人为象，为眼小也，乃为薄夫所笺，闻老人颇不悦意。然该文为他人攫去发表（予之诗文多为人发表者），刊出后，迄未得见，今则益不能记忆矣，惟其中引用采薇歌，殆反战欤？琦翔云，老人三十万字之回忆录已脱稿，可望寄至香港出版。

欲 展

——赠逸馨妹

欲展春云何所之　　金闺梦暖鹧鸪辞

故人思我凭传语　　滴露研朱写旧诗

甲辰初夏独游昆明湖

边城日出挂铜钲　　莫道春来不似春
吹海风时花落尽　　暮春三月始看青

梦中得句

梦自非洲菊上回[①]　梦中得句若轻雷
黄蜂紫蝶多驰骛　乱舞春风不用媒

---

① 作者注：非洲菊或呼作波斯菊。三四梦中得句，惟驰骛二字模糊，醒来偶忆左思娇女诗，乃为填补。陆游诗，海棠红杏欲无色，蛱蝶黄鹂俱有情。套用玉谿生诗而不着边际，读之不禁微笑。放翁谨厚，因难解义山青秀馨逸之作。予不自知，惟梦或知之耳。倘有注家，舍陆取李，则其源甚正，而其流斯下矣。故为之记。

杂诗（再用尤韵）

秋千本是军中物① 　　嬉戏方从弱女游

纸上谈兵君莫笑 　　风筝烟火思悠悠

---

　　① 作者注：秋千本是戎军中习武之具，齐桓北伐，传入中国，汉武以来，演变成为游戏之一种，盖与风筝、烟火同为古汉氏族文明史料中之佳话，而知之者甚少矣，大笔特书，因亦不必。尝草小文数篇，因作舷潜艇哀，意犹未尽，率成一绝。

风景独游

——是日清明

觅句任迟迟　　花时偶影宜

风尘虽满面　　犹得素衣披

竹　笑①

蓬头垢面似清狂　　卅载丹黄笑七襄
看竹何如听竹好　　奇谈僻论本平常

---

① 作者注：中秋前一日或以为竹笑为僻典，诚可笑也。嘲之。

世　事

世事成相歆　江山倚独吟
诗里看梦影　花落听雷音

贺友人重耷

友以种大丽花诸称，两造扬善歌

一

岂待春来结酒缘　　廉颇不老劝加餐
人生丝竹合陶写　　大丽花开月正圆

二

又作家园半隐沦　　亲栽枸杞莫辞频
肉食者鄙干卿事　　免笑花时甑有尘①

三

有客留心犬吠门　　烦君为倾洗头盆
听歌过后日当咏　　度曲从今误转频

---

① 作者注：东坡次韵林子中诗，笑我花时甑有尘。

望月怀云子[①]

　　　　家园虽有不如无　　一向孤独不称孤
　　　　独抱一天岑寂外　　无须解渴到银壶

[①]　作者注：云子客居西安大雁塔下，有老而无家之叹。此塔下之呻吟也。因命笔草一绝，戏而慰之。丙午三月下浣，于北京弥斋。

絮 语

絮语平生欲抚琴　　难调世味感人禽
家居引疾来无惑　　旅况扪星启动心
蛮触争时花雨落　　麒麟斗罢月华侵
一枝拂日诗人兴　　若木林焚栖邓林

雷雨竟日晚晴

麦收既罢端阳近　　沈雨冥冥喜隔离
乌屋犹如空谷翠　　燕巢恰似一宅危
朱朱白白云飞舞　　草草匆匆花怪奇
远有鸡鸣听豹吠　　夕阳西下作晨曦

感　旧①

游离文字缘书懒　　不换衣衫岂一痴
三十年来频感旧　　万言书里记当时

---

①　作者注：予拜读鲁迅翁晚年著作，盖由于传彩偶得未名书屋版鲁迅杂文集，每呼之曰蓝皮书者。万言书即答徐懋庸。其后予得《且介亭》杂文，盖由日本转运来，此最早所见者，约为一九四一年事。

梦秦娘子盛开①

昨夜秋灯听雨眠　　篱间真喜豆花鲜
迎凉呼伴秦娘子　　日出东南楼外边

---

① 作者注：种朝颜，朵极大，数年来分赠邻舍，而小园中仅余淡紫即俗呼藕荷色者。其深紫一种，朵尤大，竟绝种矣。夜来听雨迟眠，秦娘子乃见梦，淡紫色颇似豆花。

哀花部（二首）

一、闻君起盛赞《李慧娘》不胜其忧①

红梅阁塌早消声　　李慧娘来急疾风
白日莫谈无鬼论　　晴丝一缕袅长空

二、听广播《谢瑶环》

武曌一怒百花开　　独有花王不下来
兀自徘徊《镜花》里②　　狂驰任尔独徘徊

---

① 作者注：予与君起严君以及其弟常相聚清唱，其严君亦宗余，《走雪山》《盗宗卷》《洪洋洞》，极起服膺，尝为予说并歌唱，受益甚深。予则喜歌《打侄上坟》《桑园寄子》《战长沙》诸段。时君起正整理剧本，初不意其有此狂热，写"一朵鲜艳的红梅"，其后又编剧目——实则与杏老较，不啻小巫，诚不自量也。其身世则一无所知。

② 作者注：尝以为田邵伯旧诗功力过郭鼎堂，乃写此种坏剧本。其词章佳胜而意旨乖谬，又可笑。当时惟坐汽车之流始得有票入场，亦可叹也。"镜花"指《镜花缘》。武则天诗："明朝游上苑，火速报春知，花须连夜发，莫待晓风吹。"亦颇有气势。

入夜闻笛①

远空犹悸路灯红　　月上初闻竹管声
时或看茶矢老病　　几曾立说失新晴
生还儿女半天下　　浪语江湖一笛横
待到榴花苔绿日　　愿将短梦换长明

---

① 作者汇：丁未四月初十日五十五岁生朝作。新晴，变心情字。丙午年间纹绮纯均外出串连，绮纯行上几半个中国，曰生还，盖当归时笑谑之语也，车祸频传，尝亦悬念。某一再劝予著乍，予唯唯，谨谱曲慢应之耳，然终成《四味果》一书。

读冯芝生南岳之作有感①

微吟不得江山助　　万卷书当万里行
只有伤心辛弃疾　　断难雪耻党怀英
登山临水闲游客　　沐雨栉风南渡情
岂曰当归何处寄　　边城曾否念苍生

---

① 作者注：原诗绝句二首，载在一九四八年《文学》杂志朱自清纪念特辑。其辞曰："二贤祠里拜朱张，一会千秋嘉会堂，公所可游南岳耳，江山半壁太凄凉。""洛阳文物一尘灰，汴水纷华又草莱，非只怀公伤往迹，亲知南渡事堪哀。"二贤祠，南轩与朱子相会处，其中有嘉会堂，榜曰一会千秋，冯先生想起晋宋两番南渡，甚有感触，因作数诗。文中仅录二首。稼轩词：小草旧曾呼远志，故人今有寄当归。小一作山，有一作又。

雨　止①

秋晴雨止意味浓　　孤云飘渺两三峰
蝉鸣过午林愈静　　蝶是风帆饭后钟

① 作者注：蝶每飞举，甚少停息，至爬行，几于绝无。一日午后乃见之，其翼拢合如帆，行颇速，或有顽童伤之耶？然旋亦飞去。大暑前五日记。

熟季花盛开

前年闻女觅得佳种多样，色极美。

粉白红黄隔岁花① 　　天涯辨识雨中家
吾庐旧梦成新梦 　　半夏无风吹钓查

---

① 作者注：十六世纪意大利批评家卡斯特维特罗（Gastelvetro）说：欣赏艺术
就是欣赏困难的克服。其意甚善。一草本花而乃隔岁开，殊觉耐思也。

仲夏有细雨

骄阳蜂蝶耸如尘　　一梦踽踽岂问津
静写时霖连日夜　　满园绿净向幽人

雨 夜

梦破朝霞看菀草　　草间祈活却艰难
孰吟好景三湘隘　　都谓清诗五柳宽
朱紫论中生怖畏　　青白眼里杂悲欢
天风海雨逼人夜　　神女应毋过灌坛①

---

① 作者注：灌坛：见《博物志》。太公为灌坛令。文王梦一妇人哭于当道，问之曰：吾太行山神女，始为西海妇，吾行必有风雨暴作，灌坛令有法，吾不敢以风雨过，觉而召太公语焉。三日后果疾风雷雨从邑外过。

闻苹白先生扫街①

　　七月红旗飘细雨　　初伏绿树蕴和风
　　文章政事原途一　　一代清才勉强中

<hr>

　　① 作者注：一九四九年七月一日，天安门雨中集会，先生雨中赋新体诗，题曰："七一、红旗、雨"，曾发表。先生以红楼梦一案，去物观甚远，为时所忌。乃后来每有文字，必遭反击，则方朔之奇耳。强焕作片玉词序，开端即云：文章政事，"初非两途"。片玉词，先生所甚喜者也。说词以细密称，风致近美成也。讲论语则遵循家法，不逞才华。北京沦陷中，气节为人所尊仰。

中秋雨不寐[①]

骤雨云遮月　　今宵偶煮茗
鹪鹩朝暮跃　　柳串日夕鸣
北地寒鸡塞　　高楼暖凤笙
《善哉》惟一曲　　三叹梦魂惊

---

① 作者注：汉乐府《善哉行》：来日大难，口燥唇干。鹪鹩、柳串，时来园中。柳串，缃儿发见，亦不知渠何从得知，也不曾追问也。

无　题

荒田野草不知愁　　赤马红羊火欲流
千日醉醒□树屋①　　一声新燕过高楼

---

① 作者主：千日醉，酒名，见《博物志》。

对 菊

朱紫盲人若暗尘①   琼浆不饮爱霜晨
寒花风里映黄白   莫唱江南赶上春

---

① 作者注：《老子》，"五色令人盲"。

怀如皋柘树园[1]

柘园如梦复如昙　　水绘人知不待探
文史兴衰今仍昔　　送君江北向江南

---

[1]　作者注：予先人从文信国抗元兵，至如皋流为农者，夫妻亲耕织，是为一世祖。其地有柘树园，称柘园公，文公七世孙也。予祖母程，畲出河洛。史实如此，盖非以为光荣。然予之服膺浙东派，且冀其有所发展，则亦复是实际归趣耳。然甚惭也。宋杨万里著易传，多引史传以证之，为宋元文士所非，然当时与程传并刊以行，则文二反不及书肆远甚，噫亦奇矣。

怀武昌皂角园①

皂角园里碧云楼　　卷破书香任淹留
黄鹤飞时歌小住　　梅花深处写无忧
三千里远叹多病　　四十年长梦昔游
鹦鹉能言人默默　　只余形影听鸱鸺

---

① 作者注：皂角夏开蝶形黄花，荚可洗衣，其白者濯垢尤胜，曰肥皂荚。予家在武昌城中，大皂角树一株，最称神奇，园中有藏书楼曰审影楼。辛亥年间以旗藉亲戚故，举家归北平寄籍，书籍尽失。"梅花深处碧云楼"，系母莊（讳存英）诗稿所用名也。我母祖籍历城，逝世时年仅廿九岁。编者注：鸱鸺，猫头鹰属，音如"痴休"。

荣密堂稿自题^①

荣密堂前落叶黄　　秋来宛在水中央

失魂懒妇惊虫语　　多谢诗成每善忘

①　作者注：鄙意古诗为古人之独创，今有今之独创，故古诗不可作，律诗不以少作，惟绝句殆如白小，共命群分，虽难模仿，何害？故可以多作。辛丑壬寅间，王杏岩欲命其弟子某为予七绝诗作画百图，予愧谢之。然倘以小幅木刻点缀其间，则无不可耳。今七绝百首已满，追思前言，而杏岩老人尚在悬案中，仅可纪念耳。今年春来寒斋小坐，予书初白诗"晚险在闲不在忙"七字以慰之。丁未秋分，于北京弥斋。

瓶芍杂感

忘情不及世情违①   五柳攒眉对晚晖

紫雾将来红雾散   南风欲动北风微②

流年似水吟《溱洧》   说法如云厌《夜飞》③

一束可离瓶若鼎④   故国何必寄当归

---

① 作者注：圣人忘情，最下不及于情。见《晋书》，王衍答山简语。

② 作者注：苏东坡天庆观小园诗：春风欲动北风微。今换一字。

③ 作者注：汉乐府《西乌夜飞》："日从东方出，团团鸡子黄。夫妇恩情重，怜欢故在傍。"

④ 作者注：芍药一名可离，故相别以为赠。见《古今注》。

题《多余的话》① （用鲁迅先生自嘲诗韵）

狱中销骨复何求　　凭吊谁临古渡头

兰草悬根离故土　　芰荷出水植中流

书斋促膝同骋马　　海港论文若解牛

便忭风云成际会　　写忧一卷尚横秋

①　作者注：写忧：《多余的话》开端引"黍离"，"知我者谓我心忧，不知我者谓我何求"。予尝以为，话中略无与鲁迅先生谈艺一节，最可议。若所传文，确系其本人手笔无疑。盖与身份殊相称也。芰，菱角。两角者为菱，四角者为芰。芰音际。

病中久不出门偶感

避人逃寇如安上① 　　几卷残编任校雠

刘项已成陈迹远 　　世间独自说鸿沟

---

① 作者注：唐皇甫持正一诗小序云：避人如逃寇。

枯　思①

幼喜桃源记　　老耽雨足诗

看云过白日　　闻雁入枯思

---

　　①　作者注：张协：杂诗"翳翳结繁云，森森散雨足"，其十："云根临八极，雨足洒四溟。"此泛指景阳苦雨之作。江文通杂拟诗第十四题下注"苦雨"，盖以为特色。案江拟不及其本趣。予枯雨足二字，亦复以苦雨为限耳。青榆自记，于北京弥斋。丁未寒露前二日。

病起知秋已深

枯桑三宿寄闲身　　漫舞松风却任真
穷巷负床非海上　　扬尘如雨响荆榛

赞泰戈尔

童年是故乡　　近乡情更怯
我无此幸福　　飞鸟与新月

莎翁诗意

天生爱俪儿　　阳光之触须

蝶舞花树下　　梦也不须驱①

---

① 作者注：法国马拉梅有驱梦诗，予酷喜之。

再题旧诗卷①

未耽山海图中乐　　曾趁朱家传姿里
城郭已非力过客　　枯思花下着残棋

---

①　作者注：予早年屡经武夫枪逼，均以豪气压之，后化险为夷。又，予习"懒诗"，三十五年不倦，旧诗则近十年，戏作耳。傅瑞门评"自由诗"曰"懒诗"，盖格律为正统，殊不足为典要。前引之亦戏之而已。

雍和宫西仓①

苍然松柏院　　木末系黄昏
风雨常侵蚀　　禅房幸默存
三人无主客　　一语破尘樊
卅载索居者　　目光驴背论

---

① 作者注：卢沟桥事变后，寂照行脚寄于此，废公时去职，亦暂居此，刘得仁诗，儒释偶同宿是也。寂照，废公少时同窗，尝寄予明信片，称为"慧心的学者"，盖过往废公奖掖故耶？予久居深巷，殆类蓬生麻中，实城居而有索居之乐耳。

60

报载溥仪病死匽和陈宝琛题画诗①

一

风虎云龙兰解知　　海藏何苦画嘘吹
农桑候鸟二官死　　行匽威仪尽戏儿

二

猛士诗家赞死时　　昌黎文案类儿嬉
兰生罪愆何由赎　　傀儡只今罢舞时

---

　　① 作者注：颠倒体。体盖戏创，新月派闻一多以哀悲叶韵之类。溥仪著《我的前半生》，尝借得草草翻阅一过，一九六四年出版，其时予已不买新书，仅抄得一节如下："这位俨然以'猛士'自居的人后来藏了一幅画：在角楼的上空云雾中，有一条张牙舞爪的龙。"陈宝琛虔诚地在画上题了"风异"二字，并作诗一首恭维他："风沙叫啸日西垂，投止何门正此时；写作昌黎诗意读，天昏地黑虺龙移。"云麓漫钞：《左传》，"少皞氏以鸟名官，有行匽"。匽从之语盖本于此。榆按：《左传》，"九扈为九农正，扈民无淫者也"。又，"扈与户通，农桑候鸟。说文作雇。又姓，有扈民之后，以为姓"。

以霜柳为室名作诗为记①

桃花不入二南卷　　日梦升堂荐一觞
柳惠德弥蒙耻大　　下愚可待鬓成霜

---

① 作者注：予读陶集最早，盖儿时方也。至今垂四十年，于五柳先生敬意，日有所增。《桃花源记》，尤爱读。又，尝以弥斋为室名，用之甚久。以双柳名堂，实于二家深致敬爱，乃闻者不察，每呼之曰："霜柳"，久之，遂亦将错就错，寓本义于传讹，依俗谛也。句中可字，柳下惠可我则不可之可。

浅　语①

闲居小读散文诗　　恨不与同托疾时
浅语非从深者出　　更无人唱李陵碑

---

①　作者注：鲁迅《汉文学史纲要》："史家之绝唱，无韵之离骚"指《史记》。
按，子长与李陵一案，恐将永付难齐之物论，而苏李诗属拟作，殆无疑义，而其人
则至今出现于红毡毹上，妇孺皆知，不容没也。

仿　佛

仿佛白鸥首不回　　天边丹凤复毰毸
金瓯暂缺新俦起　　木叶日疏故我哀
后世名由当世沽　　前车鉴自后车来
不耽畎亩风光好　　桃李遍寰栽未栽

漫 书

漫书词字俱奇瑰　　文笔云龙变化才
共祝水山同可乐　　行看后乐有新醅

再题霜柳堂壁①

霜柳未应比松竹　　是非从众铄金无
六州不锻钱刀铁　　心大何妨任碧珠

---

① 作者注：李后主金错刀体，遒劲如寒松霜竹。

语　默^①

语必谆谆风过耳　　三年一默胜甘茶
屠龙本是吾家事　　四顾龙无翻地图

---

　　① 作者注：《益公题跋》，题杨廷秀新淦胡氏义方堂记后："诚斋作义方记，理胜而文雄，殊无老人谆谆支体气象，吾尝所共矜式，岂特无贲胡氏家塾而已哉。"诚斋"论《诗》"，殊特精妙可喜，不独益公题跋中所记诸节也。又，南宋四家，鄙意尤齐已半淹没，可改姜臣石公私咸宜者也。

夜　起①

熟路轻车入梦乡　千山万水结愁肠
鸡窗俯首贺梅子　驴背操心白骑郎
高楼偶吟因夜起　华灯将昼入丁茫
书空时避妨哀极　病病常思冰雪香

---

① 作者注：予卧床即入梦乡，迟早皆然，明日仍按时起，偶夜起则达旦，译写其味弥永，忘我兼亦忘病也。《续元怪录》：韦义方往天坛南寻妹，千山万水，不见有路。《北山小集》：《贺方回诗序》"方回少时，侠气盖一座，驰马走狗，饮酒如长鲸，然遇空无有时，俯首北窗下，作牛毛小楷，雌黄不去手，反如寒苦一书生……慷慨感激，其言理财治剧之方，亹亹有绪，似非无意于世者，然遇轩裳角逐之会，长如怯夫处女……"墓志："观其抗脏任气，若无顾忌者，然临仕进之会，常如临不测之渊，觑觑视不敢前，竟疾走不顾，其虑患乃如此！与蹈污险侥幸，不为明日计者殊科。"

68

闭　门

盛长已是到未明　　月月红开入化城
啄木未如伐木好　　长愁败兴打门声

初闻司晨儿女嬉闹有感

儿叫鸡雏女化男　　多男重女尽曾谙
圆圆曲里沧桑艳　　三百年来止再三

丙丁间自秋徂春多病述怀

观涛七发夺神工　　献舞天魔只自雄

又是一年春草绿　　会看花雨欲弥空

诗　思

过息过驹回不回　　诗思天外任风媒

读书每鼓云间翼　　觅恨忽逢岸上梅

一梦带红浮落蕊　　半生避舍拨劫灰

山足海腹知何处　　变态孤帆心尚孩

索　居

满阶爱日翻陶集　　并喜渊明拜火奇
既雨庭中迎过客　　未眠枕上忆风诗
女儿盍各多思致　　形影应都无愧辞
最是索居饮水乐　　城居便是索居时

暮　霞

孤雁一声见暮霞　　霞飞飞入野人家
陆沈在水天如网　　网得繁星作落花

月　光

月光皎皎照花枝　　夜半孤灯耐苦思
屋大如舟无钓水　　频看梦餍动钩丝

所谓小园

室无莱妇话穷通　　堂上何曾树锦枫
白屋连云山隐隐　　青苔及榻草芃芃
缅怀大叶榕垂荫①　　移植干枝梅落红
自摘园蔬叹鲜美　　客来深惭半瓶空

---

① 作者注：南方有大叶榕树，枝垂入地生根。见许浑《丁卯集》卷十，《题峡山寺》自注（全唐诗二十）。

家　居①

人云寰宇此佳城　　叶聚风拥是小村
所幸三春才百日　　燕雏惯听耐烦喧

---

① 作者注：闻有美妇谓北京为世界最美丽之城市，舒庆春为文，亦有类似语，然无有小事，辄风雨满城，陋俗类村落。

闻　蝉

五六月间风不闻①　　鹅毛不起水生纹
深惭老树之多荫　　时有蝉声噪夕曛

---

① 作者注：北京谚语：夏日无风只有雨，鹅毛不起。

秋　述①

高歌足足复般般　　独倡平平尔尔间
素手应招拨谷拂　　青苔不厌篆愁攀
人乎哪得食黄棘　　鸟而真当看白鹇
不计亲疏叹咄咄　　待听儿女唱关关

---

① 作者注：足：风电，般：麟也，薛道衡文。蜗牛曰篆愁君，陶谷《清异录》。黄棘是食，厥性好骂，山海经。拨谷即布谷，李白诗：拨谷飞鸣奈妾何，牝牡飞鸣，以翼相拂，佩之夫妻相爱，见尔雅注及本草《唐音癸笺》。

立冬前五日室内生火

我生不饮不如陶　　妄效诗僧欲补劳
未筑迷楼幸失马　　但归隐市叹寒桃①
黄花明日日全食　　一夜北风天益高
风雪凄清伤岁暮　　只须小酌鬼晴萄

---

① 作者注：南康玉山有石桃，故老云：古有寒桃，生于岭巅，隐沦之士将大取实，固变成石。（邓德明《南康记》）

感时诗

五十年前嬉闹时　　贝加湖上雪风吹
废兴指掌觉今是　　欲卷波澜入小诗①

---

① 作者注：东坡诗：却卷波澜入小诗，改一字成此。

再题柳亚子诗后^①

铸成口过叹诗豪　　不及轻鸿惜羽毛
错比严光君偶忘　　无名渔父出庄骚

———————

① 作者注：口过：本事诗，则天见宋之问诗，谓崔融曰：吾非不知之问有才调，但以其有口过。盖以之问患齿疾，口常臭故也。口过二字甚新，老狐善媚，虽讥人语，亦作态如此。（书影）严光：陆游词：时人错把比严光，我自是无名渔父。榆按，楚辞、庄子中均有其名不传之渔父。

夜来初雪甚微①

　　——翌日午前晴

頹人暖日自相隈　　岂有闲心拨劫灰

雪白仍微云弄影　　翼殷不逝夜衔枚

从来掷栗回投枣　　曾是呼茅对走虺

梅楝花风梦里路　　窗前毋畏聚蚊雷

---

　　① 作者注：翼殷不逝：庄子。殷，大也。翼大则难逝也。掷栗投枣：梁武帝投枣，萧彦瑜掷栗，曰：陛下投枣以赤心，岂敢不报以战栗。走虺：虺蝎之性，见人则走。哀今之人，胡为虺蝎。陆机疏：一名蝘蜒，亦名蛇蝎，肆毒害人。梅楝花风：廿四番花信风，始于梅，而终于楝。

拟天问

未传天意胜人情　　光在当前耻与争①
峻烈诗家厌末世　　嫦娥仙子乐长生

---

① 作者注：当前之鬼，嵇康耻与争光。

再题平原年谱

湛庐飞入江南梦　　洁癖真应碎玉壶

冰雪文章难再浔　　不妨浅净爱深芜

有　赠①

日短天寒客意痴　　近朱者赤愧无私
正言若反悲唐俟　　雅量宜宽隘退之
海日升平梦自破　　荒鸡好听职专司
侵晨快雪大如席　　贫士当欢清畏知

---

① 作者注：予凤不论诗，作旧诗尤不多示人，实欲去私也。

题乌屋书目

君问寒斋何所似　　略无长物任猜疑
一张小柬陆机墨　　九曲黄河山谷诗
三十年间谈寂寂　　千余里外想迟迟
小园依旧乌屋在　　残阙书文自不宜

再作自慰

极妍岁月堂堂去　　老树看花黄四娘
莫作无何乡里客　　飞绵垂柳未枯杨

明日大雪

十月边城未作花　　雪中春意已萌芽
闭门觅句彤云密　　牛对弹琴似忆家

再作自慰诗①

江南离恨忆烟消　　燕北闲情盼绿雕
与日偕作哀抶马　　骅骝汗血过狂飙
堠旁去病嫖姚猛　　树下卫青马邑骄
欣遇何来双白骑　　苦吟今只不终朝

---

① 作者注：少时常骑脚踏车往返清华园，或涉险，废名戏作小东云："白骑少年路遇霍去病乎？"然白骑少年实林静希先生自号，尝有闲章，废公盖两用之为戏耳。编者注：抶，音吃，鞭打。堠，音后，古代远望敌情的土堡。

偶 饮

草草评碑识蔡邕　　喁喁尝汁学神农
俯拾便是更拾掇　　着力即差即力从①
百末杂香红酒冷　　千峰夺色夜光浓
丁年黄尽三秋草　　冰雪明朝是孟冬

---

①　作者注：着力即差：东坡临终语，见付藻：纪年录。力从，力不从心，见班固传。

自慰诗案余波①

回首平生难载酒　　棋声寺院看春江
悔无大入来思辨　　喜得微知存默容
听雨听风闻燕子　　呼牛呼马唤花翁
偶拈一着输腾口　　逢着仙人定落骢

---

① 作者注：予五十五岁作自慰诗，偶拈老树着花之语，遂成口实，或有戏之者，乃呼曰着花翁，谑而近虐，径作花翁矣。书此解嘲。明王敬美论陶诗，有大入思来之语，善评也。默容，见中庸。

子 需

子需芳草岂忘贻　　人苦从来不自知
千载九夷欲居处　　百年一梦漫蠕移
玉谿诚或学韩白　　白石真当溯陆皮
厌世终身如转轸　　清商弹曲莫轻施①

读少陵东西庄两律后偶作

杜陵兀傲本来亲　　百炼钢成绕指纯
寂寞休将心迹说　　但求诗句认天真

再题静瑟轩

静寄东轩怯抚醪　　愿言张瑟代观濠
病来不解春游乐　　窗外丛生娘抱蒿①

---

① 作者注：萝蒿拖根生，曰抱娘蒿，既抱娘，私意娘抱亦未为不可耳。

枕 上

木樨香灭昔曾闻　病里谁将笔砚焚
昼夜挪腾丘与谷　春秋来去曝间芹①
沙间画地狱中狱　枕上书空文外文
日落霞飞鸦载雪　寒天思苦入风云

---

① 作者注：波丘、波谷，以山陵之起伏，比浪涛之升降，地理学名词。编者注：曝芹，谦言所赠之物微薄。曝，晒，读如铺。

长　夏①

满城梦意马行天　　长昼人稀榴欲然
和寡曲高悲鸟渡　　斛低唱浅叹龟山
绿园小舍蛙初寂　　荷叶香多花更鲜
凤子飞时灾变亟　　春婆醒后日将残

---

① 作者注　长夏独游三贝子花园，少年时最乐事也。时园已荒芜特甚，惟荷花益可观。

甘 苦

半生甘苦是诗篇　　脱手弹丸须佩弦
闭目得之张目失　　低眉后而扫眉先
后来居上闲习懒　　先入为君健是仙
风雨鸡鸣闻䜩喜　　诗情一似足音颠

看云作戏

屈原骚赋继难为　　五柳诗文宜独奇
自昔疑鸥存碧海　　本来梦草长春池
何妨韵律坤乾倒①　　不易阴阳上下移
舟子观风乌一点　　晚云万变太迷离

---

① 作者注：海藏楼诗：坤乾妙用韵，诗后附吕洞宾诗：梅花玉笛吹江城，春满蓬瀛醉上仙，我为苍生流尽泪，更无良法转乾坤。

朝阳海棠

东南长望日南骊　　八骏轻跑七宝车
仙果玲珑悬满树　　朝阳明耀海棠初

破灯虎有感 （二首）

一

隐语凝香若有光　　此生揭晓慢何妨
凭君独坐适残月　　珍重人间入梦乡

二

虎视眈眈灯发光　　念家山破语彷徨
清吟相间不容发　　梦破人间有谬荒

行 已

饮酒不成贵饮茶　素行行已思无邪
方知暮气真春气　不可毫差当不差①
好德自然如好色　宜男相济是宜家
儿时欣豫常难割　爱听雨蛙咋牛蛙

① 作者注：枚乘：铢铢而称，至石必差。

亦新妹招饮因故不赴

凝神惟翼只知蝈　　梦外清吟风过箫
夜宴不须持纸笔　　东风上下恼参寥①

---

①　作者注：参寥自亢谒东坡彭城，一日宴郡寮，谓客曰：参寥虽不与此集，然不可不恼之也。遣官妓马盼盼持纸笔就求诗，参寥援笔立成，有"禅心已作沾泥絮，不逐东风上下狂"之句。见朱弁《风月堂诗话》。

夜深不寐（冬至前二日）

一

重女岂因一左娇　　生男未喜玉溪骄
窥窗日月停黄雀　　泣粒鲛人卖紫绡
书卷半忘还痞寐　　药华强记出魁杓
休疑不为明朝记　　长痛鞭驱石作桥

二

即事多欣非避世　　人间惟是夜相侵
清吟觅苦灯驱梦　　白日无人菊惬心
最重典型薛浪语　　不堪流俗倪云林
身心交感闲情赋　　九愿必违直到今

听秋楼夜坐

春生夏长到胡绳　　碧草如丝夜夜增
末世深文瓜蔓染　　闲庭长日豆花憎①
楼高深喜扶疏树　　夜永方明耐久灯
等是如鱼知冷暖　　如愚愿作听秋僧

①　作者注：齐民要术，豆花憎见日，见则黄烂而根焦。

感　春①

积阳朗朗燕飞扬　　百日堂堂柳线长
天若有情人定胜　　我方息影自胜强
相思蓄意君真忍　　寝寐微吟草不黄
清昼花开美清夜　　一星如月看天狼

---

　　① 作者注：史记，人定胜天，天定亦能胜人。反听曰聪，内视曰明，自胜曰强。任昉：朝发富春渚，蓄意忍相思。

枯　坐

默然相对舂如借　习静安禅岂自胜
长语应为长物役　野心自是放心蒸
上元女忆云遮月　履地儿呼雪打灯
便待寒香闻十里　可令无骨会知冰

养　疾

年命俱奇安蹇劣　　枝头曝日雀休罗
不但月瘦山同瘦　　一自诗多病亦多
三九梦窗足冰雪　　万千年史一山河
等闲无算千戈里　　哪有韩娥好鬻歌

牖下咏怀

东邻老圃锄黄棘　　我借药花草作春
好骂古人埋久久　　独生来者拒甡甡
九歌屈子吟行色　　一颂伯伦论守神
探险频频思少壮　　窟前今欲数家珍

忆武昌故宅

钓客题诗真好胜　　登高未可独登楼
长江万里招黄鹤　　一月三迁涉绿洲
人辨仙禽人寂寂　　共看云水共悠悠
我家旧在图中住　　午梦无边蝶也愁

大　寒

等闲已是松菊存　雪而无梅度晓昏
春草明年生梦寐　大寒岁暮到柴门
从来燕市逞争代　未免素衣有酒痕
雀跃偶因汤肉食　痴儿娇女伴吟身

乡　愁

乡音不改枕寒流　　沉者自沉浮者浮
山水清虚难自适　　梅花香远动乡愁
今来古往耽冥没　　物是人非倦遨游
常记梦中安乐处　　满床明月听啾啾

杨　柳

　　——和胡志明诗

秋光斑斓胜春光　　夕照千株响白杨
待到春来春又胜　　满堤垂柳蜜金黄

赞《阿Q正传》

奉酬闲话一开心　　土谷祠亲非故情
篱下谋求无何色　　烛边饮恨未吞声
五千入木三分法　　两万出尘百代文
元世当时真草草　　深入浅语怆伤神

大寒日戏笔

寒梅花里雪如雾　　翠柏林边风似云
不出乡关昏瞆甚　　见闻皆寂况猎猎

忆金华何慕燕[①]

竹马相追又并行　　嬉游既罢入书城
对床夜语还听雨　　安枕钟鸣复月明
回忆儿时天地阔　　重来里巷道心深
秋哉一叶回旋落　　海角苍岑便持生

[①] 作者注：炳棣原在清华大学，事变后，于燕大研究院借读，研究历史。其后迄无音问矣。

桂林杂咏 （八首）

一、玉簪罗带；二、一千五百；三、不管人间；四、看山看水；五、惜羽鹧鸪；六、岩洞从来；七、马蹄远近；八、区区文字（跋诗）。前三首在"石雀"作，后三首在家中作。补作二首，其一为跋诗。

一

玉簪罗带本来殊①　　独秀山岩好读书②
党籍莫论碑碣在③　　只因地大耀明珠

二

一千五百年前事　　金带紫袍霞散余④
各道神州真地大　　东南山水作明珠

---

① 作者注：韩愈诗：江作青罗带，山如碧玉簪。
② 作者注：独秀峰，桂林诸山主峰。刘宋颜延之在独秀山辟读书岩，独秀山名始于此，距今一千五百余年。
③ 作者注：龙隐岩中有元佑党籍碑，原刻于崇宁四年（1105年），翌年毁去，现存者为庆元四年（1198年）重刻。
④ 作者注：独秀山一名紫金山，清张祥河题曰"紫袍金带"于岩外崖壁间，盖朝旭晚霞，景状如此。

三

不管人间抑仙境　　枕山枕水足高眠①
明珠薏苡浪分雪　　飘去随波任往还

四②

看山看水二百里　　天马行空酒壶空
著个人人能自画　　侧身指默画山峰

五

惜羽鸂鶒在上游　　愁飞落上妇人头
骖鸾著录石湖老　　带似长河系闷秋③

---

① 作者注：伏波山还珠洞。伏波为马援将军字，以名山也。明俞安期：高眠
翻爱漓江路，枕底涛声枕上山。马援战交趾，以薏苡被堪察，以为搜刮民间珠宝
（传说）。

② 作者注：米海岳尝画阳朔山水图。又，其自画像在还珠洞，最为名贵。画
山、天马山、酒壶山，均为胜境。骆驼山原名酒壶山，以雷酒人得名，酒人名鸣春，
著有"大文参""桂林田澥志"，述明末清初事，被列为禁书，久已湮没不传。画山
形若九马，各具姿态，天下之奇观也。

③ 作者注：史记：使长河如带。石湖帅桂时，著《骖鸾录》，取昌黎诗："远
胜登仙去，飞鸾不假骖"。东坡诗：系冈岂无罗带水。昌黎诗：户多输翠羽，翡翠
羽也。禽经：翡翠背有彩羽，状如鸂鶒而色正碧，鲜缛可爱，饮啄于澄波回澜之侧，
尤惜其羽，自濯于水中，今王公家以为妇人首饰。

六

岩洞从来说鬼斧　　天工人代世间无
子昂至此当低首　　夺目画山九马图

七①

马蹄远近旧驰名　　虎啸辰峰佛手新
红豆楼前垂钓者　　杨梅山下说殷勤

八②

区区文字几戎确　　维谷艰难进退中
骤雨急风晴似梦　　何时美女照青铜

---

① 作者注：魏家渡荸荠，远近驰名，俗称马蹄。辰山一名虎山，五峰孤立田野中，如碧玉盘托翠玉佛手。雁山碧幽湖东岸杨梅山下，古红豆树，婆娑参天矣，犹每三年结实，殷红鲜丽，珍品也。

② 作者注：跋诗。厝三首，补三首，再补二首，不欲继作，作一跋以了之。螺丝山后群峰中，一大山如女郎，西一小山如镜，曰"美女照镜"。原跋：戊申上元日，以家事来访受全，受全临时有事他往，独处一室，阅案头小册子过半，偶题三绝句，用破岑寂，殊无谓也。上元后一日晨，受全来告，被疑，拙作小诗亦被持去，十七日复来，已被调查，十八日复来，乃云事已过去。其语惝恍，殆不可信。拙诗本毫无可取，然以此，乃不得不保留，自加笺注。戊申上元后三日，补记于北京弥斋。编者注：受全，即陈受全，朱英诞夫人之弟，名报人。

自 嘲

好春元夜月轮高　　去岁秋云空自豪①
香草美人愚可失　　嗤君无韵赋离骚②

重赋一首

仙才落笔脱尘凡　妙入毫端待阐微
飞草一灯传乳线　枯枝残帖得鱼衣
频夸戏墨风吹卯　漫阅篙痕雪打围
释智遗形非变本①　鸥波亭畔往来稀

---

① 作者注：刘融斋《书概》：欲作草书，必先释智遗形……然后下笔。四字予最喜之，尝以为与诚斋论诗曰去词去意之说，同为妙理，诚难得解也。

钟灵山八洞①

风户云梁俯仰中　　钟灵山水碧葱葱
人心好似仙人洞　　时暗时明曲曲通

---

① 作者注：徐霞客：八洞通明，勾连曲畅。

再题元祐党籍碑①

　　春夏秋冬足四季　　崇宁不是庆元年

　　少游已死苏黄在　　莫怪诗多石作笺

---

　　①　作者注：原碑于崇宁四年（1105 年）颁刻天下，翌年又下令毁去。目前所存系庆元四年（1198 年）重刻，距今七百六十年矣。大苗山别有一块，嘉定间沈晔重刻。按元祐党籍碑为我国最珍贵之历史文物。碑中秦观名下右方有故字。诗狂石作笺，宋人诗句，不记出自谁何之手矣。

烟　海①

烟海茫茫四望空　　一灯传我剑南红
平生岂敢压元白　　犹有渊明求大同

---

① 作者注：予生平于陶、白、陆最多亲切，盖家训如此，亦所自得，此不可
备述耳。

共工颂

大荒山下有人行　　吊古兴亡感不平
日月星辰长烂缦　　几曾摇落一琼英

追和郭鼎堂 "看三打白骨精"

莫愁白骨乱蓬蒿　　且盼黄云凌碧霄
孰信人间已火灭　　君疑山下竟烟消
必无柳发屈程指　　哪有猴头惜羽毛
昔日偷桃嬉树密　　今朝拨雾看天高

花树下作

随意梦成一世界　　休耽关闭苦吟诗
佳花如醉缤纷落　　天地枕衾年少时

戊申暮春口号

论议绝时兼老病　　弦歌废后日沉郁

红尘多少闲烦恼　　开落桃夭望白驹

夏 炘

家家鸡唱或相闻　声影纷纷曙色欣
海水微波日出浴　鱼帆正鼓树拏云
千花成塔蚊雷聚　百末开瓶等陈分
天际炊烟金间紫　自然翻浪到朱衾

黄　棘

谁主诗家且放达　　欲吞黄棘类琼芽
漫观山海图经后　　抟土成人怨女娲

稗　说

野客牧牛亭畔宿　　少年立马岭头雄
古今南渡伤心话　　不拟题诗满浙东

花下作

好景良辰喜野凫　　赏心乐事厌城乌
邻桩减白香能白　　其色纯朱笑近朱
不止两伤偏易合　　即惟四美并难图
去天尺五楼台小　　万有当知人独孤

夜谈诗稿

幽花异草本难名　　岂为惊人为一鸣
鹦鹉能言或失语　　鹧鸪未叫已消声
少陵吟苦传千首　　谢传棋高潘万兵
惭愧梦回寒雨细　　危楼寂寞玉笙情

儿辈摘花因忆往昔

喜看芍药满瓶开　　白紫纷披迎梦来
溱洧生香并活色　　崦嵫垂暮更崔嵬
闲花野草真难解　　翠柏苍松岂易培
壁上驻颜空自好　　光阴一似夜衔枚

谷雨作

春光欲滴似秋光　　乳燕飞来未作双
谷雨光阴风始细　　麦秋时节日方长
晚烟化作天涯泪　　半梦融成陌上桑
万里晴空无近远　　于今适越辨他乡

窗　前

窗前草木复葱茏　　仿佛乡人邂逅逢
曾客天涯生倦思　　斋居何事逸情浓

北京竹枝

诗书未必長相宜　　己自幡然唱竹枝
祚国欣闻元赤字　　退方悲慨有青皮
古城绿化连街巷　　漠野红愁举酒卮
海浪江风升旭日　　家家争剪卫足葵

多 余

春朝开眼看天英　　日出东南茧破无
洗手园中栽木笔　　弄潮海上捡藤壶
悼红旧未药非白　　恶紫今方攘夺朱
一片云烟过视野　　晨钟暮鼓尽多余

孟夏杂诗

天高如逸复如逃　　歌者自歌劳者劳
醉我欲眠拂梦雨　　愁人可坐听松涛
碧梧叶落鸡戒鹭　　白浪滔惊鱼作舠
睡起方知长夕美　　远山轻似一鸿毛

小满夜望月作①

难将野物作牺牲　　衣锦夜行长短更
杂县偶停杂树掌　　望舒偏照望乡心
河边丝草梦中长　　塞上风云天际横
不入儒林传外传　　边城闲煞一书生

---

① 作者注：尉缭子：野物不为牺牲，杂学不为通儒。

秋　风

飒飒秋风雁不鸣　　栌椤长夜自常青
危藤莫是空花结　　灵沼终非残月形
暗水香消犹悄悄　　梦窗灯灭总惺惺
天边外有人寰在　　人自不眠非忍听

昼 梦①

孟夏陶陶碧草丝　　沉沉昼梦类顽痴
箧中尚有箧中集　　花外全无花外词
路作三义红日暮　　邻靡二仲画帘垂
欣愁风雨忽如晦　　不厌呜呜睡起迟

① 作者注：予生平不昼寝，五十岁以后健康不能恢复，仍常多白日梦矣。

142

阅东坡和桃花源诗序有感

秋潭澄月诉清真　　犹忆渊明形影神
刘宋未必非赵宋　　苻秦要即是嬴秦
桃源可作柜争场　　菊水难亲独问津
多病从来疏药石　　长留百草窟前春

夜　思①

忘情如梦树香浓　　昼寂谁疑日作灯
转瞬花飞思转绿　　摇身烛影待摇红
雨中山果明幽境　　月下河鱼跃碧穹
反语正言勤俱倦　　惟觉屋小过乌篷

————————

① 作者注：是日弥斋顶棚糊新。傍晚有调查人来了解锦州李家。（八月八日复来，仍未谈清。）

复题一绝

昄窗犹可读离骚　　千载无闻鬼爱娇
湔竹两枝终觉少　　尧阶三尺早嫌高
书巢未筑乌巢落　　桑树新移杏树摇
陋巷只今存陋室　　不关苏海并韩涛

将立秋

此生秋矣正秋芙　　枯树犹存淡若无
花朵自开还自落　　江湖相忘或相濡
小园为主复为客　　暗水结蒲并结庐
凉意其来蝉翼里　　大心从众更从吾

夜读偶作①

佳人宛在水中央　　白琥青圭礼四方
花不见桃拥见李　　惟留远处有余光

读剑南诗有感

夕阳想见放牛回　　城市山林鸟作媒
晚处丘樊无韵事　　龙涎一撮看劫灰

看 花

城中儿女折枝回　　花艳惊心蜂蝶飞
此日山居成闹市　　且看泥水足沾衣

诗　思

诗思无端不自休　　春愁黯黯误春游
夜深寤寐悲西子　　月下推敲拟莫愁
花影满身扶醉汉　　燕鸣引领识归舟
世间多少闲情愿　　而我独拈獭一丘

赋得留鸟

日出无门有所思　江湖满地欲何之
闲居未废攮敲乐　放笔终成踌躇疑
鱼跃原来传热带　乌啼犹是捡寒枝
于斯歌哭非三宿　留鸟啁啾到晚曦

赋得秋雨

复冈断岭各相成　　笛出山阳裂帛声
淡虎孰惟龙嗜好　　闻鸡者又犬钟情
秋来豪雨惊人雨　　闺里寒风叹我逢
频扫尧塔红叶满　　不堪怫郁筑长城

无 题

誉毁纷纭竟两殚　　萧萧听竹笑倚栏
早知谏果回甘味　　须似樱桃只静观
枕上题诗欣卧治　　壁间画马遇流观
一秋多雨天将压　　三日无心菊欲残

不 寐

已近中秋夜自明　　起来那可奏鸣琴
青天默望不相识　　株守日红鸟出林

秋　日

经霜老树岩脚下　　带影寒鸦天尽头
秋ヨ诗成还自笑　　言愁始晓不知愁

彩 笔

彩笔无踪难写忧　　青天一纸对淹留
四愁言志诗人旨　　九辩风吟战国秋
天可一涯曾着落　　楚虽三户有周游
黄花翠竹非文字　　晚笑盈盈满钓舟

跋裴王绝句 辋川

江山信美有朝晖　　绝壁夷齐采蕨薇
莫作游踪溪浅去　　尽探丘壑不须归

落　叶

野椿叶落枝仍落　　白菊香凝花更凝
经雨如经风飒飒　　远猜如狗雀津津

读《史记》偶作

闭门真喜句须觅　　对客殊难毫竟挥
偶许偷闲翻一案　　哀哉布好命幡机

咏　梅

月色无垠憎女墙　　静中时或有吹香
盎然寒雪知春意　　绝爱梅花似海棠

伤　春

　　　　江南早失故时家　　已惯边城咏雪花
　　　　紫燕不来梧叶落　　无伤雷雨对萌芽

太 今①

璎中蕴玉昔人死　　锦上添花今日酡
斧凿篇篇君作古　　太今一语胜多多

灯（二首）

一

食果焉能迄自然　　人间佳梦一灯传
落花成阵春休送　　且作天风海雨观

二

一灯火尽正愁眠　　五弄曲成鬼谷欢
秋未来时春莫送　　行看初雪落花间

野　客

野客吞声琴尾焦　　青溪犹自涤红绡

咸池浴日天河涸　　不待牵牛渡鹊桥

无　题

燕燕干飞南与北　　千山万水莫忘归
愁来推避无门路　　春去追随有说辞
丘谷何能别性海　　源流那复析情诗
词见专意真须论　　但道蕨薇是蕨薇

芜城秋兴

春似白驹未可夸　　清秋五色令人嗟
谈龙谈虎高轩过　　种豆种瓜木屋家
花片得时云片落　　雨丝因势柳丝斜
江南塞北休分辨　　莫向芜城咏桂车

小 饮

绝少秋心记问津　　一行芦雁入无垠
新词旧谱词惟慢　　旧酒新瓶酒欲陈
竹叶留青杯自酌　　菊花浮白斗难斟
等闲千种缤纷意　　此际寻思静处春

重　阳

人间尤忘独醒时　　垂老初闻胜未知
叶落满城来紫气　　草黄盈野见青枝
重阳节候云堪抚　　雨雪诗篇酒待持
但觉退藏高不觉　　楼居不敢合陶诗

读诚斋诗戏作

老韩同传任渠同　　花自无言蹊自通
桃李不须惊漏眼　　奇闻笔下有奸雄

逝　水

士生末世待真风　　逝水如斯意未穷
风木愁予终缈缈　　波澜见梦尚汹汹
投身不饲山边虎　　指掌能分天上雄
落叶初疑秋雨落　　紫箫声里月光浓

秋　高

秋高斜日里　风作响疏桐
三笑别困虎　重来乐在童
赤心无彼此　白雪寡从同
木落城空阔　堂灵夜自冲

已 寒

薄古重阳爱古城　　秋高无梦到心中
苍松不老青天老　　白雪红炉好过冬

戏题《道园学古录》

松雪论诗日满灵　道园题画古今无
从今莫以古薄古　今是昨非兴不孤
作书自郐赵松雪　题画无牛虞道园
莫令丹青活损劫　正当还我好河山

流　离

流离之子拙言辞　　惭愧韦郎五字诗
渴望达夫随杜甫　　醉心梅子溯姜夔
明驼知倦经跋涉　　天马行空畏奋飞
几卷诽谐成积木　　后生说古作谈资

落　霞

国居赋里觅人家　　我亦何心数暮鸦
独步花旁知落蕊　　无言诗自见萌芽
江南鱼戏生莲叶　　湖上笛吹稳钓槎
渔父隐名屈子怨　　伤哉天远日将斜

晚望玉泉有感

等闲三见海扬尘　　万里长空碧浪侵
大可同情并同乐　　不将独断作独行
风云时变将飞白　　花雨突来正练金
日欲咸池天际梦　　晚岚异彩过灯明

黄　花①

黄花今日作重阳　　白菊开时夜有霜
叔宝不宜诚可诵　　龙章骏烈足情伤

① 作者注：吾少时最喜司空表圣白菊一绝云："黄鹂啭处谁同听，白菊开时且剩过。漫道南朝足流品，由来叔宝不宜多。"以为咏物咏史水乳交融，足称风流儒雅之作，不可多得，亦不可贪多。

春困杂咏

暮春三月忆江南　　碧水无情吊屈原
半壁何堪歌蜀道　　一生未得返乡关
不因酒醉常多梦　　惟有花飞始昼眠
边塞从来风雨晦　　醵糜空自好容颜

静夜思

灯花乍喜夜迢遥　　喝鸟声驱梦遁逃
习苦长思陏令逸　　力勤更忆稼轩豪
重弹白石昐君怨　　一解灵均山鬼嘲
下里巴人歌似雪　　春愁何可对夭桃

西 山

多阴斋中梦影清　　婆娑树亦日欣欣
每叹谱曲隔人事　　极厌高歌动鬼神
编苇不愁书尺素　　断弦最耐听无声
西山日日寻常见　　此日东篱采菊亲

初雪再赋

隐隐青山雪浪翻　　人间细路复留痕
梦口大树窗前舞　　天际孤村海内存
灵谷生风思广义　　高花落地欲无言
不愁埋我埋忧地　　千载难招楚客魂

枯　坐

枯肠不厌索　　宁作读书傭
尘世昏明镜　　黄花丽晚风
寒香浸月白　　深夜灼星空
梦绕疏林远　　青溪尚洗红

风　雨

林花着雨分浓淡　　脂蜡燃灯有晦明
静逸任凭称退避　　春城高枕听鸡鸣

夜 行

暮行未是锦衣归　　迷路山含夜绩辉
一点村灯见天际　　叩门多恐掩柴扉

赠幼女缘同学

生龙活虎赞青春　　紫燕飞来影最真

无限风光衣细腻　　缤纷花雨伴深耕

倚　门

岁寒无雪更无梅　　愧我无田可日归
日向窗前临暮色　　倚门便是掩扉时

驴背记

宿昔年光元事忙　　青春何待作狷狂
香山槭叶红如许　　驴背得诗旋复忘

子 夜

子夜吟诗喜饮茶　　卢同七椀未嫌夸

轻轻一缕烟云曲　　逸出青青天净沙

立春日偶大树下立

塞上频闻逐鹿才　　边城树下独徘徊

柳枝名似亡枝好　　已立春时雪盛开

小巷风物 (忆儿时作)

卖花声在雨声中　　巷尽头山影郁葱
竹马旋来更色面　　吹饧捏面兴憧憧①

山好阁新作[1]

月色如银照九州　　几行疏柳伴人愁
重阳未必经风雨　　三载难登山好楼

---

[1]　作者注：予久不写散文诗，日落偶得之志慨。

送　春

春愁春草赋将归　　风劲云浓折柳时
北国飘香冰雪淡　　南天断岸鸟鱼奇
光辉影好离形去　　蝶弱花明载梦来
我负东皇难醉月　　自君一往可人稀

秋　夜

银汉深深欲弄潮　　秋凉时节夜迢迢
群星即散可分野　　孤鹊虽髡怎作桥
天末生风来木末　　山腰不舞待蜂腰
后凋松是仳生事　　惟得多思散步遥

迎春花盛开

鹅黄花是蕊珠仙　　月润星沉晓梦酣
冰雪无香难有饮　　春风终自爱人间

忆儿时西沽村踏青

两岸荫凉苍狗白　满天霞彩晚香开
桃花杨柳西沽乐　踏到新坟暮吹哀

怀废名作①

论文塞下不嫌迟　　老至重谈老杜诗
作客当归愁泪语　　知予不尽愧强辞
百年后读堪嘲虐　　小树方生有梦思
昏聩无端多感旧　　哀公已是失明时

———————————

① 作者注：先生在长春论杜诗，时已一目失明矣。先生昔日著文评予少作新诗，选诗八首。予近年来多写五七言，先生已不及见矣。

赠振杰①

仿佛春风入室来　　晚间佳客不曾期
此生大梦真难觉　　举世儿嬉要不疑
白雪方消红雪落　　凝香初动暗香随
寥寥数语无奇语　　一缕茶烟相对时

---

① 作者注：振杰为纯儿师，为纯儿事屡加关注，因草此。

斋中杂事

城中独处类山中　　心事幽微梦大同
岂待翻图听异曲　　早梅开了古梅红

暮春大风中作

变态风云暖复凉　　故将军醉角弓藏
月阴不辨林中石　　竖子犹谋说卞庄

诚斋访林和靖故居绝句今反其意亦草一绝①

人间洪范使人愁　　天上星河静不流
梅鹤由来俱清瘦　　缘何妻子到心头

---

① 作者注：民国年间韦苏州诗有新刻本，林和靖诗有商务版新编印本，两家殊不寂寞矣。然恰道着人间寂寞。

己酉暮春口占

——有赠

杨柳依依紫燕飞　　三春活活水流急
梅花桃李柰鱼贯　　无作东风槛外思

睡起自嘲

混沌谱成过午眠　　乌云如墨洒江天
闲人不与昆虫伍　　岂在花间并草间

卧病（二首）

一

卧看小树倚苍穹　　　醒目无非海日红
惟识隙驹吟硕鼠　　　难言塞马画真龙
春来小雨潇潇下　　　客至清茶淡淡融
微恙不须愁语默　　　恕将闲意对豪雄

二

丁香白紫暗香浓　　　过客无名转盼逢
对影李白愁月落　　　拂枝屈子叹心融
看云幻梦方相折　　　卧病吟诗至竟同
愧我已难称素隐　　　一尘之隔恨无穷

午后独游郊园

花落无踪似雪融　　行脚长昼午阴浓
有人掉臂林中去　　还我心千吹万风

掩扉

月色娱人素手推　风声撼树玉山颓
昼休双马砍还卧　晚牧一牛鸣而归
楼上女儿传巧笑　花间蝴蝶斗高飞
年来语默都非是　犹自闭关独掩扉

夏日闲居杂诗

如斯流水是归程　　断岸枯株总不惊
高阁名花违所愿　　荒渠老屋见扬衡
随缘度日留心史　　即兴为诗入化城
千夜梦回仍一夜　　及时长昼荐朱樱

思 旧

絮飞梦里御春风　　此际无心堕雾中
锻铁水流杨柳细　　灌园日落碧山空
勿叹马老行踪少　　一笑云逢天外逢
忽觉陶陶戎孟夏　　不胜凝目叶初红

题唐俟先生"惯于长夜"诗稿①

河岳英灵何所之　　早春二月弄潮儿
横风疾雨书新律　　怒目低眉感旧辞
黄浦孤帆迎旭日　　龙华碧血化桃枝
年来大事浑忘却　　女佛山边醉饱时

---

① 作者注：鲁迅先生书多圆熟，惟此原稿殊草草，颇觉劲疾，雨中偶翻柔石《二月》一书，口占此。按，电影《早春二月》较早受批判者。

初夏阴雨连绵①

四月龙涎滴暗香　　三春燕尾惜流光
柳枝既御风仍细　　杏叶一经雨便凉
白日秋心杂梦密　　紫箫夜曲逗梅黄
明窗花落人无语　　北国天低似故乡

---

① 作者注：春夏之交，阴雨连绵，颇似江南天气。

午梦初回①

即事多欣迹近狂　　抚时无语影俱伤
端阳五月疑八月　　重九他乡思故乡
空道高文一何绮　　真惭午梦十分长
闲过佳节怀儿女　　天半朱霞烁麦光

---

① 作者注：午梦初回、斜阳满院、便似秋光浓至、盖昨日暴雨凉甚、既晴回
暖、变化如此、夜来缘女独己角粽、复准备下乡习劳、予亦守望、入寝颇迟、故破
例昼眠耳、明日端阳漫成一律。

210

长　日

长日观荷默是歌　　午阴桑荫戏风波
蝶园春静美人舞　　竹叶桃红娇女过
独往独来惜梦境　　三熏三沐乐行窝
黄昏如水西流急　　正道城中归宿多

夏夜无寐

非关好恶拂人情　　依枕频闻鸟过声
一叶摇风驱梦去　　日长瞬息即天明

山村杂诗

门前垂柳未藏乌　　山麓孤村待画图
硕果存人人既老　　小溪引梦梦将芜
非关日月常明灭　　似胜桃源乍有无
回首不堪忘路远　　岂如歧异泣杨朱

诗梦庵落成[1]

片在曾经万里流　　野塘飞叶随横舟
霜清木老诗思澹　　梦影悠悠雁过楼

自题诗草

会波未可作波澜　　梦草如丝芳草鲜

春色不关蜂蝶闹　　花开但愿月轮圆

景阳苦雨哀荷暗　　庾信思乡盼岁寒

苍莽一株松落叶　　等闲欹枕便成眠

题　画

蝶舞仙踪白骑过　　河园梦影本来多
骄阳凝视成清昼　　郁郁桑柔荫浴波

出塞杂事诗①

此生休说得江南　　随分抒情未是贪
与古为新看紫笑　　抚今追昔梦红酣
西窗剪炉存佳话　　秋雨对床奸夜谈
塞下时移成塞上　　不须出入道眈眈

---

① 作者注：尝出关，兵燹既起，东寅与予匆卷返京，闻车祸，四出问通，辄断而不疑，乃归。既归，对床夜语，说快事竟夜。东寅，沙滩旧日同事，在史学系，其妹东菊，传彩之同学，故家在沈阳。

艳　歌

高烧红烛月明楼　　仙窟深游并浅游
俯贴听心昨夜事　　鼓车记里梦魂愁

读桃源记后（四首）①

一

去家百里求彭泽　　千载相关物不齐
无路可寻当日事　　桃源今只在通衢

二

明明有路君迷失　　杨柳依依唱折枝
予欲无言天莫问　　桃源自昔是桃蹊

三

绸缪独有酒盈尊　　林卧惟欣雨是琴
毋慨后雕非后笑　　桃花源外古松青

① 作者注：予昔论陶，近三十年矣。大意谓全篇为短句，其旋律之明快，足征心灵之妙悟，所谓欣慨交心是也。以内涵言，或曰寓意，或曰纪实，前者谓是复古，小国寡民；然三百篇已有乐土乐耶？其为向往无疑。后者为逃避，则何所逃乎天壤之间？均知其一而不知其二也。近年来引西儒乌托邦说，亦不知此近代之发现，桃源虽不姓陶，张冠亥岂能李戴乎？此一心灵世界，实陶公之创造，遂为吾人喜闻乐见者，正复是"灿然有心理"耳。昔日松标，今作乔柯，足为外人道矣。此陶公之喜剧也。白莲尚不能用为蛊惑，若神仙说，不攻自破，故不待言。偶书四咏，词不达意，意本不多，砭义却已不免，盖可叹也。己酉重九晨，记于北京弥斋。

四

渊明创世足新奇　　乌托名称舶自西
鸡犬相闻民不寡　　桃花津畔古今迷

从 容

重兵压境益从容　　释卷三冬听大风
晚好一编陶靖节　　微知其意老犹龙
胸中度世人多默　　河畔观鱼我自雄
爆竹花枝儿女事　　高歌偶语莫求同

大雪日夜雪中作①

忆日来出门琐事有感

雪夜迟眠向火时　　沉思儿辈作豪词
人生多趣非无谓　　世事增华莫竭辞
老我不堪行路远　　少年有兴放怀痴
身边得此愁情减　　岁暮何伤咏折枝

---

① 作者注：傍晚自学院归，登车之际，一少女疾让座次，觉甚可感！旋闻与身边少男作放浪豪语云："我哪儿也不想去，只想各处海游一番，然后死了就完了！"女颇多姿，眉睫甚美，惟戴口罩，不得见口鼻。语时具备风韵，盖非感伤；体段亦入画：故知是作痴。惜无彩笔，无能作新世说，或画作朱梅耳。

客　去①

花飞疑是失人间　　回首犹堪夜不眠
雪后青灯思静悦　　雨中金盏怨清寒
日常人迹疏知病　　时或跫音屡破禅
自许此生沉醉少　　无言一似闭关难

———————

① 作者注：予颇健谈，亦最为山妻所厌。然语默无常，实更多默：又非所悦。

枯　坐

枯坐窗前感旧时　　十年无意换缁衣
加餐自是长相忆　　小饮原来有所思
田草风生鱼戏舞　　木天花落蝶惊飞
狂驰且望孤云白　　如梦方知醒未宜

论诗绝句 （二首）

洁浩东风山谷鸣　　少年俯拾得天真
不疑草木多灵怪　　虎豹无知亦足珍

锦江缩手少陵老　　黄鹤无言太白愁
不似辋川五字绝　　悠然意尽任淹留

杜　诗[①]

一

暮颜青镜自相成　　仰惭星明月更清
泥土为人非所愿　　杜陵迁病到斯文

二

朱颜青镜名天真　　黄土搏人愧一生
灿灿星辰名不识　　自然渐近赖知音

三

林花衰盛赖园丁　　不待区分天地人
春事无心南亩远　　老农何喜复何嗔

伤瓶花

白雪飞花足动容　　早梅绽蕊尽玲珑
乡愁淡泊寻佳梦　　岁暮朦胧忆故朋
东阁杜陵诗更好　　南窗陶令酒方浓
骄儿娇女伤人意　　折取横枝比异同

山居新晴（二首）

一

晚风柔处落霞红　　蝙蝠多情挂石丛
尚有河源沧海外　　夕阳西下月如弓

二

远峰如羽觅云齐　　晚笑声中过梦溪
天是珍珠云作线　　大江东去小河西

题钱氏手抄南村游诗

冰雨楼头扮夕阳　　不堪击马柳丝黄
卧游何似登高赋　　两履无须算几双

秋心词

牵牛织女早忘情　　每到清秋欲断魂
无女高丘休怅望　　秦娘子下过秦人

偶昼眠失时戏作

起来不觉夕阳天　　细雨枫堂偶昼眠
故纸钻研如滞旅　　人间哪得有驴年①

再赋命名诗

一声新雁过长空　　柳影依稀雪影融
此曰嫦娥为浅训　　东方临晓万方同

律句命名诗①

生生谓易实艰难　　五十六朝却月眠
蝼首蛾眉人爱重　　冰天雪地我求仝
不妨咏雁临春晓　　且以司晨治小鲜
翠竹两竿飞瓦雀　　何尝满纸作云烟

---

① 作者注：日前市百无母鸡，惟有公鸡可买，活者尚肥大，已杀者大抵瘦小。故今年春节孜买山鸡，味颇鲜美，惟肉的肌理稍觉粗松耳。

春分前五日犹飞雪

不亲灯火已兼明　　月夜犹能辨大钧
白雪可人来稔客　　阳春夺目望芳晨
花飞岂减江南梦　　草长惟增塞上心
逝水未闻生太息　　凌波跬步愧何曾

再赋春雪

明日春分今日雪　　桃花何日笑红装
雀屏六月凉眸子　　此际无人问暖凉

清明前三日雨

雪晴数日春明雨　　午后犹能破梦行
黄土不须愁已湿　　布鞋那得笑曾新
雨前一盏驱寒寂　　日上三竿照苦辛
做鬼时多人可畏　　清音唯是待音尘

感　事①

口悬壁上且从容　初日寒梅相映红
三十年前知纸虎　只今日益爱真龙
引弓有的飞白羽　举目无亲捕大风
地黑天昏及时雨　鸡鸣犬吠药花浓

———————

① 作者注：读报载，群众办医，喜而赋此。

暮　春

百城三月困豪雄　　雨过春泥海样红
千里之行来足下　　百花既放到园中
成空往事临头乱　　如梦见时此际同
极目天涯芳草绿　　柴门犹自恋雕虫

春梦绝句

春晨初日照林丛　　梦似烟霞淡间浓
大海无人来汲掬　　风平浪静映天空

成 竹[①]

有勤予述祖法者，书此答知。

风风雨雨草青青	四十年来住旧京
家史不堪愁里听	国风犹可眼前吟
后生不识江南路	故垒何知海上坟
今夕清光浓似水	竹成一束梦成阴

[①] 作者注：旧京，元时都城甚小，今和平门外厂甸有海王村，乃以村名，其故地可知。去岁西直门掘出小城，闻亦似元时所建，距予家不过一牛鸣地。

无　题①

柏梁台上金人泪　　不待盘承朝落倾
借问月囚伐木客　　嫦娥仙子乐长生

---

① 作者注：末一语仓山诗句，予反其意而以诘问出之，倘加标点，即明白地显示成为新天问也。

新 雁

数声新雁过妆楼　　犹有闲情作滞留
一世去来流水远　　三秋见后碧云愁
仙花满意日过午　　人字无心乐正休
倦枕闻歌灯影暗　　梦中道路月当头

从　来

从来仙洞不栖尘　　触处桃花哪待寻
梦似风吹殖意到　　时方雨过称心临
黄昏无限怀馨逸　　初夜多情笑异新
已罢狂驰天际去　　短衣匹马示胸襟

感　旧

菊黄满意过重阳　　不觉殷勤理旧狂

风雨入楼今又是　　芜城叶落最仓皇

萃华楼送别①

两两三三酢艋舟　　谁分船尾与船头
穿花过洞寻常见　　渡海观云故自愁
一片风帆鱼水出　　数家网罟鸟横流
萧闲亦复关情甚　　无笑劳歌唱未休

---

① 作者注：白薇云：作家协会今惟余渠与萧友梅二人耳。

读咏怀诗后

心折山阳感旧辞　　广陵散里寓真知
兴叹无复城头望　　惟是狂夫有慎思

止　诗

龙门百尺望孤高　　白鸟闲闲岂遁逃
照镜愿违应止酒　　不防后绿并先凋

柘枝词

一

花风吹罢结青萍　　几处芸芸数苦辛
桑柘影中春已去　　一时莫判醉和醒

二

神州真有陆沈时　　拂日诗人想见之
手把柘枝难醉舞　　不曾辛苦学歌辞

喜　雨

本来方朔畏人言　　未至渊明远市喧
晚翠香圆行客少　　灯明如雨湿林园

横　流

横流欲制忆方舟　　笑止从容到故丘
微雨东来人默默　　一花旁落草油油
曾缘入海听林瑟　　已是生苔剥石榴
不作梦中歧路哭　　晓风残月看牵牛

听　雨

珍惜雨前听雨庐　　青苔及楣失蟾蜍
马龙车水凭消歇　　一枕安时梦欲无

题"红楼梦研究"①

汉花园自讲研究　　索引无端到石头

八道湾中听逸乐　　清华角落觅闲愁

红楼筑在沙滩上　　古屋来之槐梦秋

三百年间多少事　　晚明一味说风流

---

① 作者注：庚戌之夏，廖君厚泽南返，以旧籍一包留赠，其中乃有此本，遂得寓目。前此，以余固陋，说部之事盖都不闻问也。

蝉　鸣

蝉鸣夏木一番新　　倾耳蛩音辨雨声
谁送春归迎绿荫　　自怜老去就清贫
家风犹可思桑柘　　国事定须争海云
书影虽浓隔世梦　　黄昏依旧掩柴荆

古舟子咏

珍惜晴光爽气秋　　人间别有一番愁
桃花花下随行过　　春雨雨中便山休
少女折枝拂笑竹　　石尤吹袖落红榴
乌云云树方迷目　　兀自渔船主乱流

秋梦词

不注虫鱼亦睡迟　　无独有偶酒难辞
秋来佳梦知多少　　记取灯昏镜晓时

燕郊怀古（二首）

一

卢沟莫觅张华宅　　天际轻阴似牧羊
不识踏青何处去　　晓风残月小清凉

二

耶律楚材何许人　　千年史事总蒙尘
昆明湖水知深浅　　时有画船载酒行

过门头村①

着色屏风慰此身　　山樱大小可尝新
门头村里对姑好　　莫羡城中点绛唇

---

① 作者注：铁崖乐府，小姑吃酒赛樱桃，谐谑诗也，然仅其神韵，欲效不能，乃镶一身宝石，或猫见眼耳。

跋游山小集

莫拜香炉鬼见愁　　桂林千笋月如钩
征途倘遇徐霞客　　爪子无心尽讨搜

自然小唱①

闻说释迦有所怜　　吁嗟老疾两攸关
晦明多半成悲喜　　木叶凋零是自然

① 作者注：近来多闻丧偶之愁，为禅喜诗一首，殊不能佳胜也。

香山秋色

香山爽气今朝变　　乘兴来游景物饶
秋叶弥坡宜远望　　黄栌树下识秋高

未　雨①

未雨绸缪卷总开　　江南江北梦难回

郭门不出诗无助　　蓬岛早传人浪推

岂是知兵多益善　　正当许国乏终来

梨红昨日登高罢　　窗外风香倦枕哀

---

① 作者注：游止小集成复题八句为跋。昔揖口大学喜予"小园集"（初稿），愁予少作"早安"诗耳有人盗名发表，文人无行，于今为烈矣。

感　旧

草草鱼梁枕水低　　茂先不解意荼迷
晓风残月来秋早　　三十年前赋燕泥

燕　奴

燕子花开燕子矶　　回风兴起紫澜低
燕奴自向腕间落　　不作昏蝠绕寺飞

结 冰

昔惭雪里艰行客　　今愧楼头不熄灯

万紫千红春总去　　岁将云暮结寒冰

荒斋自嘲

绕阶三尺上蓬蒿　　日短斜阳分外高
岂可怀人兼咏月　　天寒缩手画翎毛

深　居①

一

行健真须寂不喧　　出门毋锁紫阖尊
当窗花朵秋来茂　　海是深居柳是魂

二

朝暾不与夕阳殊　　此是深居简出庐
鸦背何如驴背乐　　清吟原不是清福

266

弥园晚步

　　风尘常拒素衣裁　　感激枯桑梦外栽
　　三十年前浮海梦　　残阳高挂向弥斋

室　名①

桑柘影斜蒙耻地　　皂荚园好竹楼迷
东西便得分南北　　上下何尝辨是非
春老儿呼捉柳絮　　风狂自止看榆梅
展禽既可应无我　　感旧曾题一字弥

春　暖

采薇歌里久伤神　　风雨楼高鸡一鸣
北国春寒吹律罢　　鸢飞鱼跃柳芽生

过燕南园①

三十年前此避栖　　柴扉不掩草萋迷
漫讶柳雪非鸿雪　　自惜春泥作燕泥
默默蓝田云总幻　　欣欣寒谷律方吹
烟郊十室多忠信　　莫向漆园论物齐

---

① 作者注：往年予偶偕废公往访白骑少年。

冬日读书偶题

风雪凄然春是梦　　三冬文史足留连
桃花能笑李能白　　来日大难作小鲜

怀老舍

风暖看花飘　　路难非路遥
江南仍一梦　　大雪满松梢

月夜闻杜鹃 (怀废名)[1]

草长谁堪老病侵　　鸢飞人谓鳜鱼肥

高楼不厌多红雨　　寒夜何妨更苦吟

雪意非花明自梦　　春愁有鸟暗相亲

匡衡去后情难忘　　犹爱说诗茧缚身

---

[1]　作者注：匡衡，汉、东海人，家贫，为人佣作；从博士受诗，善说诗。时流传："无说诗，匡鼎来；匡说诗，解人颐。"

风　翻

风翻一夜雪花肥　　老屋如舟逐浪回
晓日寒鸦频破梦　　等闲红烛泪成堆

梦　游

二十四番风信后　　绿阴如水屋如舟

尘中不羡观鱼乐　　天老无妨病梦游

故　园

饮水如鱼旧自黯　　海天宿昔计程兼
撑风蔽日两松梧　　雨雪萧萧在故园

听风吟

仰天犹待听长风　万马齐喑睨转蓬
破屋无端添寂寞　不能画地更书空

清谈罢

万方多难莫登临　独倚闲窗咏大心
深院无人来瓦雀　莫抛香稻待鸡鸣

寒垣春

青虫召梦到西窗　　月色温柔夜续忙
不信春来无着落　　登楼一眺柳丝黄

小饮斋赏茉莉

洁身自好掩柴门　　邦莒为邦亦献尊
色弱酴醾花下醉　　酪奴一盏过黄昏

枯　坐

吾庐未破号真庐　　寂寞宜呼静瑟居
白雪曲高方患失　　绛云楼小不如无
飞花散叶蛩音异　　久雨侵晨月色殊
辛淡何妨耆味外　　流萤似火度流苏

古舟子咏

万花飞里雨匆匆　　舟子披衣钓月明

一点乌云掀巨浪　　祛尘风劲爱樵风

无望楼远眺

荒涂又抚送春忙　　今古谁堪赋乐章
一角牙穿冰雪暗　　三竿日照雨云凉
山川万里人心重　　天地无边雁阵长
上下楼高愁积远　　一帆烟水破风狂

自题右臂山房壁①

扫晴娘指到扶疏　　病起观生爱吾庐
一角西南家万里　　千心上下国虚无
华严论定踯躅甚　　说难才难灭裂福
断壁残垣山隐约　　东家之子面模糊

---

① 作者注：癸丑春，缘女、缃儿修葺斗室成，予为题曰"右臂山房"，以撤换旧"横翠精舍"横幅，遂为读书处。晦日复拟以竹垞体书一律悬壁上，匆匆不晦作草，仅伸败纸，付之寄意。甲寅立冬前四日。

水调歌头（悼词）

罢写幽兰赋，长啸盼熙蒸。脚力尽时山好，我志在攀登。极目暮霞千里，明日来寻往兹，遗影尚凌云。方死方生处，辟国论坚凝。

风过耳，鸟过目，赖清澄。五十年间流水，活活绕田塍。重上井区歌罢，再诵鸟儿问答，大道直如绳，但问耕耘事，重语夏虫冰。

百字令①

经冬历春，待飞光惨淡，碧桃灼灼，浊醪独斟那可说：醇者曰趋其薄。烈日当空，清阴匝地，花下人自若。葵心菊脑，谁道炎凉盍各。

何苦纵论屈伸，严光②意懒，当年只一脚。无闷不管遁世③好，只在可支其乐。贤者无心，清晖笑我，一味栽红药。荒涂难越，一枫挂屩④绰约。

丙辰　清明后一日

---

①　作者注：盍各，盍音何，论语、公冶长有"盍各言尔志"语，后以盍各为歇后语，犹言各怀己见。

②　作者注：严光，字子陵，后汉隐逸之名士，有高名。少曾与光武帝刘秀同游学，刘秀称帝，严光埋名隐遁。刘秀派人觅访，征召到京，授谏议大夫，不受，退隐于富春山。后人称他所居游之地为严陵山、严陵濑、严陵钓坛。《后汉书》载《隐逸传》。

③　作者注：遁世，遯音盾，遁之本字，避世意。《易、乾、文言》："不成乎名，遁世无闷。"《礼、中庸》："遁世不见知而不悔，唯圣者能之。"

④　作者注：屩，音决，用麻、草做的鞋。

朱德元帅挽诗（散体）

哀乐频闻知复谁　　栋梁木坏并山颓
不应老马惟伏枥　　也种幽兰也作诗
笑口常开从吾好　　浓眉偶皱恶人为
等闲又误庸医手　　良相何曾欲赋梅

丁巳清明口占二首

一

春风料峭哀羊角　　大快人心名可名
一盏寒泉重与奠　　家家禁火度清明

二

清明前后雨霏霏　　庄惠犹存尺一捶
棺已盖时论不定　　天安门外织鸟飞

满江红 （用鼎堂老人韵）

—— 赠歌手郭兰英

树木十年，唱文官，薄今厚古。看百花，纵千言万语，噤不能吐。留迹何堪鼠数钱，当时也是纸老虎！夜正凉，毁弃任黄钟，鸣瓦釜。

莫妄听，评《水浒》；鹦鹉舌，充郢斧。甚皇都有女，尉缭献赂！陕北民歌绣金匾，难容难点鸳鸯谱。覆总理，曾是此红旗，又高举。

人日独斟（二首）①

一

入洞求珠梁武帝　　当垆卖酒卓文君
人间到处风和日　　无肉无丝送夕曛

二

去诗十万八千里　　道是离家亦不妨
许我酒肠宽似海　　居无竹笑有文章

---

① 作者注：予生平不解饮，颇以为憾事。今入春以来，乃每餐服枸杞酒，然仅半杯而止。口占二绝，美独斟也。

290

忆秦娥（前后阕 用鼎堂老人新作韵）

寒食雨，无从偶影悲黄土。悲黄土，树木无心，野苦何苦！御河柳外传薪处，前门楼下无人语。人无语？清明禁火，说铃说楛。

寒食雨，无从偶影悲黄土。悲黄土，树人情意，一梦栩栩。春来墓木拱如许，依然紫燕穿杨舞，千花成塔，火炬高举。

临江仙

——和赵朴初《读周总理青年时代的诗》跋词

  生有源泉无死理，真诗玉润珠温。禁锢沐雨哭吟魂！千家歌血泪，万户奠清尊。

  紫燕未飞河柳绿，人天冰雪犹存。番风廿四拂城村。昙花诚一现，桃李不须言。

森然先生移居前夕为山妻作玉兰口占

神形俱亢真名世　　此是端居绝妙辞
不作牺牲非野物　　山妻独对正移时

且介翁祭日口占

赖尔光和热　　文章爱蟹行

目瞑无虎口　　三叹欠余生

贺杏岩老人王樾第三次画展闭幕作

顿忘胸中书　　渐扫文字轨
人老有丘壑　　虎啸应最美

题先君所作拜石图

江南江北佳山水　　旧梦为珠亦是尘
拜石何须题俯视　　生香花鸟自相亲

雨水后一日雪晴检点故纸感旧①

乱风吹枝倾盆狂　　拂日听歌道恨长
年少何须破故纸　　梦窗说舞扫晴娘

---

①　作者注：补骨脂，一名破故纸，药名。祖母程善种花，诵诗；卢沟桥事变后，夏秋之际大雨中，应家人之请求，祖母倚枕朗诵《长恨歌》，歌声与窗前树间风雨声相应和，乃大愉快！思之，至今为至高无上的诗的经验。予少时尝以治"香山"诗罹祸，旋弃去：三十年前事，盖可慨也。感旧不可多有，今老病，漫记于此。辛酉上元后一日，于北足弥斋。诗后小记：丙丁之际，寒斋所积资料悉数毁弃。近年来检点故纸，仅得数种：一、《协律发凡》，二、《梅花草堂笔谈选》，三、《待花草堂校订韦苏州集》，四、《诚斋评略》，因戏呼之曰"四味果"。所谓故纸，所谓感旧，指此。

喜重逢

龙吟虎吼剑难摧　　慧眼何堪识蕨薇
自奉女神非禁忌　　岂求刍狗凤烟飞①

① 作者注：王昭女士伏中枉顾，盖四十余年未晤，不胜人天之感。作刍狗诗
以志岁月。

读知堂回想有感

一

红云嫁了黑云怜　　果有真诗真味鲜
比日渊明腰再折　　荒涂无复柳三眠

二

文章盖世窗前草　　六一风神有足多
敹赞湘西人数语　　小河休道是先河

三

文章盖世窗前好　　六一风神草不除
微雨小河一事也　　不须绝物到甘茶

孤　雁①

孤雁来天外　　衔鱼立古查
小住知甘苦　　童心灿似花

---

① 作者注：壬戌夏，友人来小坐，重读挽岂老二联，并杂谈《知堂回想》，口占一绝。录于书尾。

谢杏岩老人赠松石绶带图①

碣石尝怀古　　海水即苍穹
我诗似南雪　　天马妄行空

海外赠国渠先生^①

海外惠风翰　　将诗作竹看

羡君两万里　　重此四十年

自在涂鸦好　　谁当掷果观

非春倾白堕　　语默尚相鲜

岁寒忆野园生计柬杏岩老人①

石笺花信复经冬　　老似狂蜂亦合逢
人境或须庐四远　　楼台真待上三重
何当猎智和双井　　本愿忘言效嗣宗
微恙如尘吹却易　　疾挥艺拂示从容

---

① 作者注：右重夔山谷和柯山诗病中作，即题鸿祥为予所治猎智山房小印。

题东德为满辛二君所作猴神女像

红豆玲珑明又定　　叹君海外破天荒

诗致青榆人已老①　　香生此土发瑶光

---

① 作者注：《致青榆》法 P·瓦雷里诗。予觉"青榆"一词颇似明清之际文人别号，五十以后遂取以为自号。《淮南子》：不言之辩，不道之通，谓之天府。取焉而不竭，莫知其所由出。是为"瑶光"。